TABLEAUX ET DESSINS

ANCIENS

OBJETS D'ART

Tapisseries anciennes

EXEMPLAIRE DE H. STETTINER

JUIN 1908

CATALOGUE

DES

TABLEAUX ET DESSINS

ANCIENS

Principalement de l'École française du XVIIIe siècle

SCULPTURES ANCIENNES

En Marbre, Terre cuite, Plâtre, Bronze

ANCIENNES PORCELAINES

DE CHINE, SAXE, SÈVRES, ETC.

BRONZES D'AMEUBLEMENT, OBJETS DIVERS

SIÈGES ET MEUBLES ANCIENS

Tapisseries des XVIe, XVIIe et XVIIIe siècles

ETC., ETC.

DONT LA VENTE AUX ENCHÈRES PUBLIQUES AURA LIEU

HOTEL DROUOT, SALLE N° 6

Le Mercredi 10 Juin 1908, à deux heures

Me F. LAIR-DUBREUIL	MM. PAULME & B. LASQUIN Fils
COMMISSAIRE-PRISEUR	EXPERTS
6, rue Favart	10, rue Chauchat | 12, rue Laffitte

EXPOSITION PUBLIQUE

Le Mardi 9 Juin 1908, de 1 heure 1/2 à 6 heures

CONDITIONS DE LA VENTE

Elle sera faite expressément au comptant.

Les adjudicataires paieront *dix pour cent* en sus des enchères.

L'exposition mettant le public à même de se rendre compte de l'état et de la nature des objets, aucune réclamation ne sera admise une fois l'adjudication prononcée.

Paris — Imprimerie de l'Art, Ch. Berger et Cᵉ, 41, rue de la Victoire.

DÉSIGNATION

TABLEAUX ANCIENS

PASTELS

ÉCOLE ANGLAISE

(XIXe siècle)

1 — *Portrait de Femme.*

En robe et écharpe blanches, avec coiffure de gaze. Fond de draperie.

Bois. Haut., 30 cent.; larg., 25 cent.

ÉCOLE FRANÇAISE

(XIXe siècle)

2 — *Sujet romantique; fond de paysage.*

Signature illisible.

Toile. Haut., 38 cent.; larg., 54 cent.

ÉCOLE FRANÇAISE

(Fin du xviiie siècle)

3 — *Deux panneaux décoratifs.*

Figures de femmes et amours dans des médaillons en camaïeu vert, au centre, d'arabesques et rinceaux. Fond gris.

Bois. Haut., 1 m. 60 cent.; larg., 37 cent. 1/2.

ÉCOLE FRANÇAISE

(xviiie siècle)

4 — *Portrait de Femme âgée.*

Toile. Haut., 65 cent.; larg., 54 cent.

ÉCOLE FRANÇAISE

(xviiie siècle)

5 — *Tête de Femme.*

Petite peinture de forme ovale.

Haut., 13 cent.; larg., 10 cent.

ÉCOLE FRANÇAISE

(xviiie siècle)

6 — *Portrait de Jeune Fille.*

Vêtue d'une robe de satin bleu, assise dans un parc.

Toile. Haut., 60 cent.; larg., 50 cent.

Cadre ancien en bois sculpté.

ÉCOLE FRANÇAISE

(xviiie siècle)

7 — *Portrait présumé de la Duchesse de Choiseul en vestale.*

Pastel.

Haut., 61 cent.; larg., 50 cent.

Cadre ancien en bois sculpté.

ÉCOLE FRANÇAISE

(xviiie siècle)

8 — *Le Goûter.*

Jeune femme en robe blanche, corsage décolleté, assise sur un canapé.

Pastel.

Haut., 60 cent. 1/2 ; larg., 50 cent.

ÉCOLE FRANÇAISE

(xviiie siècle)

9 — *Portrait d'un Officier.*

De profil à gauche ; il est vêtu d'une cuirasse.

Pastel.

Haut., 60 cent.; larg., 50 cent.

ÉCOLE FRANÇAISE

(xviiie siècle)

10 — *Portrait de Jeune Fille.*

En robe de gaze décolletée, dans un parc.
Pastel.

Haut., 48 cent. 1/2 ; larg., 58 cent. 1/2.

Cadre ancien en bois sculpté.

ÉCOLE FRANÇAISE

(xviiie siècle)

11 — *Portrait de Jeune Femme.*

Pastel.

Haut., 66 cent ; larg., 56 cent

ÉCOLE FRANÇAISE

(xviiie siècle)

12 — *Portrait de Jeune Fille.*

La chevelure poudrée, parée de fleurettes, vêtue
d'une robe bleue bordée d'hermine.
Pastel de forme ovale.

Haut., 59 cent. ; larg., 48 cent.

ÉCOLE FRANÇAISE

(xviiie siècle)

13 — *Projet de décoration.*

Paysages et médaillons au milieu de rinceaux, arabesques, portiques, etc.

Toile. Haut., 72 cent.; larg., 96 cent.

ÉCOLE HOLLANDAISE

(xviie siècle)

14 — *Portrait de Madame de Montespan et du Duc du Maine, enfant, tenant des fleurs.*

Haut., 80 cent.; larg., 68 cent.

Cadre Louis XIII en bois doré.

(*Vente Mame avril 1904, n° 60.*)

ÉCOLE ITALIENNE

(xviiie siècle)

15 — *Sujet allégorique.*

Toile. Haut., 34 cent. 1/2; larg., 28 cent.

Cadre ancien en bois sculpté.

BLONDEL

16 — *Portrait de M. Feugères, fabricant de bronzes, à Paris.*

Signé et daté : 1829.

Haut., 1 m. 10 cent.; larg., 90 cent.

Ce portrait est le pendant de celui de Ravrio, par Reisener, que l'on voit au Musée du Louvre.

BOILLY (L.-L.)

17 — *Portrait de Femme.*

Peinture en grisaille.

Toile. Haut , 21 cent. 1/2; larg., 16 cent.

BONINGTON (R.-P.)

(D'après P.-P. Rubens)

18 — *Portrait de Marie de Médicis.*

Toile. Haut., 45 cent.; larg., 38 cent

CARESME

19 — *Faunesse.*

Pastel.

Haut., 23 cent. 1/2; larg., 29 cent.

Cadre en bois sculpté doré.

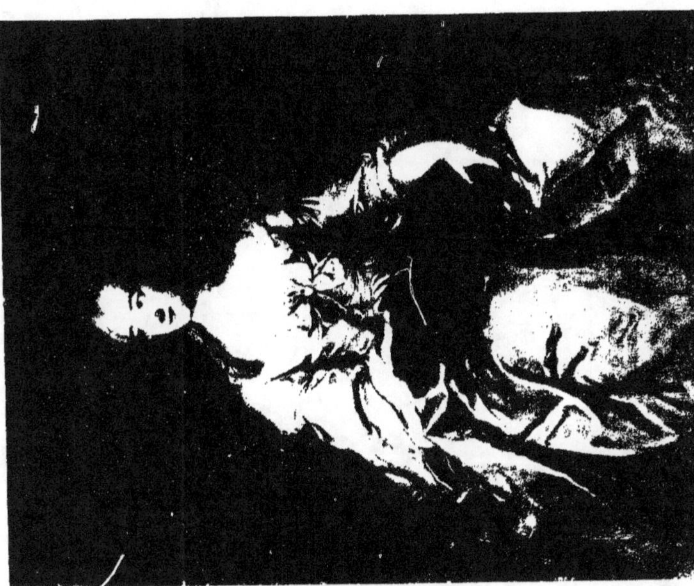

CARRIERA (Rosalba)

710
Pastel

20 — *Portrait de Jeune Femme.*

Pastel.

Haut., 41 cent. ; larg., 32 cent.

Cadre ancien en bois doré.

COYPEL

21 — *La chaste Suzanne surprise par les vieillards.*

Toile.

Haut., 84 cent. 1/2 ; larg., 75 cent.

Cadre époque Louis XIV en bois sculpté.

FRANCK (J.-H.)
(1540)

22 — *Calvaire.*

Scène animée de nombreux personnages.
Panneau. Signé.

Haut., 55 cent. ; larg., 79 cent.

GÉRARD (Baron)

300
Lasquin

23 — *L'Enfant blond.*

Il est assis sur une chaise, tenant un livre.

Toile. Haut., 55 cent. ; larg., 46 cent.

GREUZE (J.-B.)

505
Coblentz

24 — *Portrait de J.-J. Rousseau.*

Toile. Haut., 45 cent. ; larg., 36 cent.

2

HONTHORST (G.)

25 — *La Science entre l'étude et le plaisir*.

Toile signée en toutes lettres.
Beau tableau du maître.

Haut., 1 m. 50 cent.; larg., 2 m. 10 cent.

Cadre ancien Louis XIII en bois sculpté doré.

JORDAENS (J.)

26 — *Vénus et l'Amour*.

Bois. Haut., 23 cent. 1/2; larg., 18 cent

(*Collection Saint*, n° 237.)
(*Collection Tardieu*, n° 29.)

LAGRENÉE

27 — *Jeune Fille pleurant*.

Toile. Haut., 35 cent.; larg., 30 cent.

Cadre Louis XV en bois sculpté.

LARGILLIÈRE (École de N.)

**28 — *Portrait de Madame de Maintenon, en toilette
de bal*.**

Haut., 1 mètre; larg., 75 cent.

Cadre ovale en bois sculpté.

Nº 37

1.750

LEFEBVRE (Claude)

29 — *Portrait d'Abbé.*

Toile ovale. Haut., 73 cent.; larg., 60 cent.

Cadre Louis XIII en bois sculpté.

MARATTI (Carlo)

30 — *Couronnement de la Vierge.*

Peinture sur prime d'améthyste.

Haut., 13 cent.; larg., 17 cent.

Cadre en bois sculpté.

MAYER (M^llc Constance)

31 — *Portrait de Jeune Femme.*

En corsage bleu; coiffure Empire.

Haut., 60 cent.; larg., 52 cent.

NATTIER (Atelier de J.-M.)

32 — *Portrait de Femme.*

— *Portrait d'un Officier.*

Deux tableaux formant pendants.

Toiles. Haut., 80 cent.; larg., 64 cent.

Cadres anciens en bois sculpté.

NOEL (Jules)

33 — *Marine.*

Panneau. Signé et daté : *1840.*

Haut., 70 cent.; larg., 90 cent.

PALLENC (Constant)

34 — *Portrait d'Enfant, coiffé d'un grand chapeau.*

Pastel de forme ovale.
Signé des initiales.

Haut., 52 cent.; larg., 45 cent.

PRUD'HON (P.-P.)

35 — *Académie de Femme. Étude.*

Toile. Haut., 81 cent; larg., 65 cent

RICCI (S.)

36 — *Sujets mythologiques.*

Grisailles sur toiles. Haut., 56 cent; larg., 40 cent.

Cadres à cariatides et mascarons en bois sculpté.

ROSLIN (A.)

37 — *Portrait de Jeune Femme.*

La chevelure poudrée et nattée, elle est vêtue d'une robe bleue avec corsage décolleté et fichu de gaze et tient une lettre dans la main gauche.

Toile. Haut., 81 cent.; larg., 65 cent.

VALLAYER-COSTER (Madame)

38 — *Corbeille de fleurs sur une console.*

Toile. Haut., 45 cent.; larg., 36 cent.

VAN LOO (Attribué à L.-M.)

39 — *Portrait d'un Dessinateur.*

Toile ovale. Haut., 85 cent.; larg., 69 cent.

VIGNON

40 — *Portrait de Femme. Allégorie.*

Vêtue d'une robe bleue drapée, étendue sur un lit de repos sous un dais à draperies rouges. Un amour voltigeant lui présente son arc.

A gauche, une console dorée chargée d'un vase de fleurs; à terre, une cassolette. Fond de parc avec palais et effets d'eaux.

Signé et daté : *1689.*

Toile. Haut., 1 m. 47 cent.; larg., 1 m. 15 cent.

Cadre Louis XVI en bois sculpté et doré, à guirlandes et laurier.

41 — *Panneau de retable.*

Sujet biblique. XVIIe siècle.

DESSINS ANCIENS

AQUARELLES, GRAVURE

ÉCOLE ANGLAISE

42 — *Portrait de Jeune Femme.*

Aquarelle de forme ovale.

Haut., 22 cent.; larg., 18 cent.

ÉCOLE FRANÇAISE

43 — *Sujet galant dans un intérieur.*

Petit dessin à la sépia, rehaussé de gouache.

Haut., 11 cent. 1/2; larg., 8 cent. 1/2.

Cadre Louis XVI en bois sculpté.

ECOLE FRANÇAISE

(Époque Empire)

44 — *Miniature ovale : Portrait de Femme, de profil.*

Trompe-l'œil simulant un camée

No III

1600

ÉCOLE FRANÇAISE

(Commencement du xixᵉ siècle)

45 — *Le Roi Louis de Hollande se montrant au peuple, sur le balcon du Palais-Royal d'Amsterdam.*

Aquarelle animée de nombreuses figures.

ÉCOLE FRANÇAISE

(xviiiᵉ siècle)

46 — *Fête populaire sur une place publique devant un palais.*

Important dessin au trait et aquarelle.

ÉCOLE FRANÇAISE

(xviiiᵉ siècle)

47-48 — *La Déclaration. — La Dispute.*

Deux gouaches, dans la manière de MALLET ou de VAN GOLP.

Haut., 23 et 26 cent.; larg., 20 et 23 cent

Cadres anciens Louis XVI en bois doré.

ÉCOLE HOLLANDAISE

(xviiie siècle)

49 — *Port sur une rivière.*

Dessin au lavis.

Haut., 22 cent.; larg., 41 cent.

Cadre Louis XVI en bois sculpté.

ÉCOLE ITALIENNE

50 — *Sainte Famille.*

Dessin de forme ovale, à la plume et lavis de sépia.

Haut., 14 cent. 1/2; larg., 12 cent.

Cadre en bois sculpté.

BOILLY (L.-L.)

51 — *Études de mains, bras et draperie.*

Dessin au crayon.
Cadre Louis XVI en bois sculpté.

BONINGTON (R.-P.)

52 — *Barques de pêche, en pleine mer après l'orage.*

Aquarelle signée du monogramme : R. P. B. et da-
tée : 1824.

Haut., 22 cent.; larg., 32 cent. 1/2.

Cadre Louis XVI en bois sculpté.

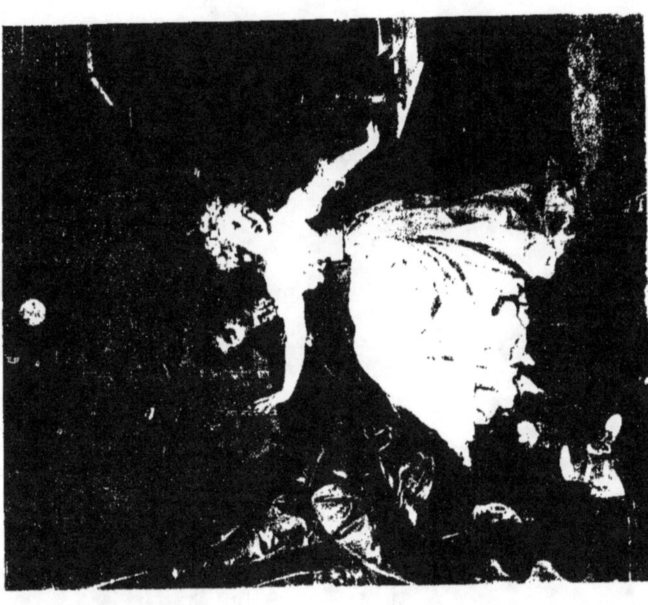

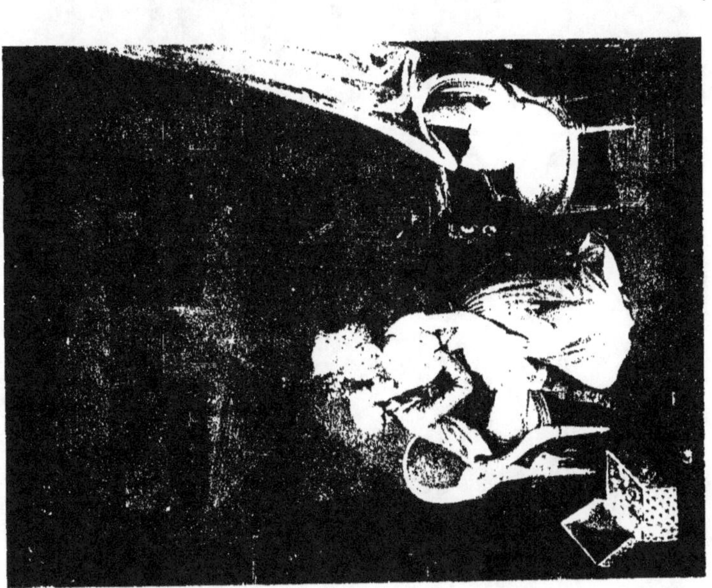

CHASSERIAU (Th.)

53 — *Portrait de Lamartine.*

Dessin au crayon, avec dédicace de l'artiste à Madame Lamartine.

Signé et daté : *1844.*

Haut., 31 cent.; larg., 23 cent.

CUYP (A.)

54 — *Vache couchée dans un pré.*

Dessin au crayon.

Haut., 19 cent.; larg., 29 cent. 1/2.

Cadre Louis XIV en bois doré.

GOYA

55 à 57 — *Portraits. — Sujets divers.*

Sept dessins : lavis de sépia ou encre de Chine.
(Sera divisé.)

GUARDI (Francesco)

58 — *Vue de Venise.*

Nombreuses barques, gondoles et personnages.
Importante aquarelle sur dessin à la plume.

Haut., 37 cent.; larg., 27 cent.

GUARDI (Francesco)

59 — *Le Grand Canal et le Pont du Rialto, à Venise.*

Important dessin à la plume lavé de sépia.
Signé.

Haut., 24 cent. 1/2; larg., 42 cent.

Cadre en bois sculpté doré.

GUARDI (Francesco)

60 — *La Place Saint-Marc, à Venise.*

Composition animée de nombreux personnages.
Dessin à la plume et au lavis d'encre de Chine.

Haut., 25 cent. 1/2; larg., 24 cent. 1/2.

Cadre Louis XIV en bois sculpté.

GUARDI (Francesco)

61 à 66 — *Venise et environs.*

Suite de treize dessins à la plume lavés de sépia ou
d'encre de Chine.

(Ce numéro sera divisé.)

1905

1120

PIRANÈSE

67 — *Projet de Palais.*

Dessin à la plume et lavis.

Haut., 25 cent.; larg., 41 cent.

Cadre ancien en bois sculpté.

PRUD'HON (P.-P.)

68 — *Étude de draperie.*

Dessin au crayon rehaussé de blanc, sur papier bleu.

Haut., 26 cent.; larg., 34 cent.

TIÉPOLO (J.-B.)

69 — *Esquisse.*

Dessin à la plume et lavis.

Haut., 17 cent. ; larg., 9 cent.

70 — *Études.*

Six dessins à la sanguine ou au lavis dans un cadre.

TIÉPOLO (J.-B.)

71 — *Sujet allégorique.*

> Dessin à la plume et lavis.
>
> Haut., 16 cent. 1/2; larg., 17 cent. 1/2.
>
> Cadre ancien en bois sculpté.

VISSCHER (C.)

72 — *Portrait d'Homme.*

> Dessin au crayon.
>
> Haut., 14 cent. 1/2; larg., 13 cent.

73 — Gravure ancienne en noir, d'après Saint-Phar : *Vue du décintrement du Pont de Neuilly, construit par l'ingénieur Perronet.*

> Cadre ancien.

SCULPTURES ANCIENNES

MARBRE, TERRE CUITE, PLATRE, BRONZE

74 — Buste de femme, en plâtre. Elle est drapée dans une étoffe retenue sur la poitrine par un ruban ; chevelure bouclée.

Haut., 81 cent.

75 — Petit buste de femme en marbre blanc, de style égyptien.

— Haut de cariatide fait d'un buste de sphynx à tête de femme, en terre cuite. Époque Empire.

76 — Buste de femme en terre cuite. Elle est enveloppée d'une draperie nouée sur la poitrine.

Haut., 71 cent.

77 — Buste de jeune fille, en plâtre teinté sur piédouche adhérent. La tête légèrement tournée vers la gauche, les cheveux rejetés en arrière retombent en boucles sur sa poitrine naissante. XVIIIe siècle.

Haut., 51 cent.

78 — Buste en terre cuite représentant le *Général Lafayette*. Presque de face, en habit à haut col brodé, légèrement entr'ouvert. Perruque à marteau et nœud de ruban. Surmoulage de Houdon. XVIIIe siècle.

Haut.. 58 cent.

79 — Deux statuettes en bronze patiné se faisant
pendant : *Enfants nus dansant.* Socles en bronze
doré à perles.

80 — Important groupe en bronze, à patine brune,
figurant : *l'Enlèvement d'Europe.* xviiᵉ siècle.
Socle en bois noir orné de bronzes dorés.

Haut. du bronze, 47 cent.
Haut. totale, 65 cent.

N° 77
2330

N° 78
225

PORCELAINES ANCIENNES
BISCUITS

81 — **Deux plateaux** circulaires à bord festonné en ancienne porcelaine de Chine; décor en couleur : Ustensiles et marli à fond rouge et ruban.

82 — **Huit assiettes** variées de décor en ancienne porcelaine de Chine, de l'époque de Kien-lung. (Pourra être divisé.)

83 — **Petite potiche** couverte, en ancienne porcelaine de Chine de l'époque Ming. Décor en couleurs : Personnages, arbustes, feuillages, etc.

84 — **Petit buste** de Louis XVI, jeune, sur socle piédouche, en ancien biscuit.

(*Collection Chappey.*)

85 — **Sphynx** à tête de femme, en biscuit du temps de l'Empire.

86 — **Flambeau** en biscuit, partiellement émaillé, formé d'un sphynx à tête de femme, sur base rectangulaire à palmettes et mascarons. Époque Empire.

87 — **Deux pièces de surtout de table** en porcelaine dorée et biscuit, à colonne et trois figures de femmes portant une corbeille ajourée ; bases circulaires à palmettes. Époque Empire.

88 — **Saucière.** forme conque, avec anse, en ancienne porcelaine de Saxe, décorée en couleurs d'un sujet galant dans un paysage et semis de bouquets de fleurettes.

89 — **Deux statuettes** : *Enfant jardinier* et *Bergère tenant un pigeon*. Ancienne porcelaine de Saxe décorée en couleurs.

(Collection Chappey.)

90 — **Groupe** en ancienne faïence fine de Hochst, émaillée en couleurs, et figurant un enfant tenant par les cornes une chèvre que trait une jeune villageoise.

91 — **Crémier** en ancienne porcelaine tendre de Sèvres à fond bleu et médaillon réservé en blanc orné d'un vase de fleurs en couleurs.

(Collection Chappey.)

92 — **Crémier** en ancienne porcelaine tendre blanche de Sèvres, à petites branches fleuries en relief, rehaussées de dorure.

(Collection Chappey.)

93 — **Quatre pots a sorbets**, à une anse, en ancienne porcelaine tendre de Sèvres ; décor à bouquets de fleurs en couleurs.

94 — Pot a crème, à trois pieds, de même porcelaine et décor analogue.

95 — Grande tasse de forme obconique à deux anses, couvercle et présentoir, en ancienne porcelaine tendre de Sèvres. Décor par rayures obliques bleu-turquoise avec petites réserves blanches ; bordure à festons dorés sur fond bleu. Année 1758.

96 — Écuelle a bouillon à deux anses, avec son couvercle et son présentoir, en ancienne porcelaine tendre de Sèvres. Décor en couleurs : Paysages et habitations animés de figures et oiseaux. Année 1758. Décor par Anteaume.

97 — Écuelle a bouillon à deux anses torsades, avec son couvercle et son plateau-présentoir, en ancienne porcelaine tendre de Sèvres. Décor en couleurs à frise de rinceaux de fleurettes et festons de feuillages. Année 1770. Décor par Barre.

BRONZES D'AMEUBLEMENT

OBJETS VARIÉS

98 — PAIRE DE BRAS-APPLIQUES à deux lumières, bronze ciselé et doré. Époque Louis XVI.

99 — PAIRE DE GIRANDOLES à deux lumières, bronze ciselé et doré. Époque Louis XV.

100 — CARTEL-APPLIQUE en bronze ciselé à rocailles et cul-de-lampe feuillagé et fleuri. Couronnement fait de deux petites figures. Époque Louis XV.

101 — GARNITURE DE CHEMINÉE en bronze doré du temps de l'Empire, comprenant : 1° une grande pendule avec figure ou statuette d'Apollon jouant de la lyre debout près du mouvement, socle orné de bas-reliefs dans le goût de l'antique ; 2° une paire de candélabres à bouquets de trois lumières, portés chacun par une statuette de femme ailée reposant sur un socle mouluré et ornementé.

102 — PAIRE DE VASES ou cassolettes à couvercles ajourés en bronze patiné et bronze doré, sur socles en marbre, ornés de bas-reliefs et de moulures ornées. Époque Empire.

103 — Pendule en marbre blanc et bronze. Sur un rocher simulé, renfermant le mouvement, se voient les figures de *Vénus* et l'*Amour* en bronze patiné, socle de forme cintrée avec bas-relief d'amours en bronze doré. Cadran signé Léchopié, à Paris. Époque Louis XVI.

104 — Bronzes anciens et modernes : chutes, consoles, appliques, pelle et pincette, etc.

105 — Microscope en cuivre, dans sa gaine en maroquin fleurdelisé, ouvrant à tiroirs et compartiments avec accessoires. Époque Louis XV.

106 — Vitrail ancien : tête de femme.

107 — Socle de pendule en bois sculpté peint et partiellement doré; décor de feuillages, coquilles et rocailles. xviiiᵉ siècle.
— Autre socle en bois sculpté peint et partiellement doré, de forme circulaire : laurier et ruban. xviiiᵉ siècle.

108 — Panneau en bois sculpté : arabesques, rinceaux, palmettes. xviiiᵉ siècle.
— Encadrement de baie cintrée en bois peint et dorure simulant un cadre. Même époque.

109 — Trumeau en bois sculpté peint vert et doré; peinture à la partie supérieure. xviiiᵉ siècle.
Haut., 1 m. 28 cent. ; larg., 1 mètre.

110 — Christ les bras en croix, ivoire sculpté.

> Haut., 50 cent.

111 — CADRE en bois sculpté doré à coins et milieux ornés de coquilles et feuillages. Époque Régence.

> Haut , 84 cent.; larg., 65 cent.

112 — COFFRET de forme carrée à moulures, ornées de feuillages et rinceaux ; sur le dessus : armoiries à double écusson soutenues par deux lions héraldiques, timbrées d'une couronne de comte. Bois sculpté de BAGARD, de Nancy. Époque Louis XIV.

113 — SUPPORT-TRÉPIED en bois sculpté peint blanc : Sphynx à tête de femme reposant sur une base triangulaire et portant un fût cylindrique décoré d'attributs divers. Dessus de marbre blanc. Époque Louis XVI.

> Haut., 1 m. 7 cent.

114 — CHAPITEAUX et fragments divers en bois sculpté.

115 — DEUX PETITS SUPPORTS en terre cuite, à têtes de béliers, guirlandes et rinceaux. XVIIIe siècle.

116 — COLONNE-SUPPORT en pierre sculptée. XVIIIe siècle.

117 — GAINE-SUPPORT en acajou, ornée de bronzes dorés. Époque Empire.

MEUBLES ET SIÈGES ANCIENS

118 — Commode ouvrant à trois rangées de tiroirs, sur quatre pieds élevés et cambrés, à coins arrondis et partie centrale en légère saillie. Elle est en bois satiné avec filets. Garniture de bronzes ciselés et dorés, comprenant : astragale. chutes, sabots, entrées de serrures, etc. Estampille de Riesener. Fin de l'époque Louis XV. Dessus de marbre.

Long., 1 m. 28 cent.

119 — Secrétaire droit à angles coupés en laque noire, décorée de paysages avec personnages en dorure. Riche ornementation de bronzes ciselés et dorés, formant encadrements à l'abattant. aux portes, etc., chutes, sabots, cul-de-lampe. Dessus de marbre. Époque Louis XVI.

120 — Bureau avec corps supérieur formant vitrine au centre, avec tiroirs de chaque côté, en acajou et citronnier, à pieds cannelés et colonnettes supportant une frise et corniche de couronnement. Il est orné de motifs divers en bronze ciselé et doré : rosaces, boutons, palmettes. rinceaux, guirlandes, etc. Fin du XVIIIe siècle.

121 — Écran en acajou. orné de bronzes. Époque de la Restauration.

122 — Bahut à deux corps en bois sculpté ouvrant à quatre vantaux séparés par deux tiroirs et décorés de plaques en marbre vert. En partie du XVIe siècle.

TAPISSERIES ANCIENNES
ÉTOFFES

123 — HABIT Louis XV, en velours vert pailleté et brodé en soies de couleurs et argent.

124 — QUATRE BANDEAUX en Savonnerie à guirlandes de fleurs, fruits et feuillages retenant des masques antiques.

Longueur totale, 7 m. 10 cent.

125 — FEUILLE D'ÉCRAN rectangulaire en tapisserie ; sujet d'après CASANOVA : cavaliers.

126 — GARNITURE DE BERGÈRE, en ancienne tapisserie d'Aubusson, à personnages, animaux, fleurs et draperie, comprenant : dossier, siége et quatre joues. Époque Louis XVI.

127 — TAPISSERIE flamande du temps de Louis XII offrant pour sujet une *Bénédiction nuptiale* ; composition à nombreux personnages vêtus de costumes somptueux. Bordure d'encadrement en partie ancienne à rinceaux de feuillages, roses, rubans, en couleurs, sur fond noir.

Haut., 3 m. 20 cent.; larg., 3 m. 90 cent.

128 — TAPISSERIE de Bruxelles du XVI° siècle. Dans un parc, on voit au premier plan un couple en promenade; plus loin, quatre cavaliers s'exer-

cent en un tournoi à la lance : château et jardin dans le lointain. Riche bordure d'encadrement à figures allégoriques, médaillons, arabesques, guirlandes, etc.

Haut., 3 m. 15 cent.; larg., 2 m. 50 cent.

129 — TAPISSERIE flamande du XVIe siècle à sujet tiré de la Fable : le cyclope Polyphème et son troupeau. Encadrement fait d'une large bordure offrant au centre de chacun des côtés un médaillon dans un cartouche avec petit sujet à personnages; chutes de fruits et mascarons aux angles. Belle conservation.

Haut., 3 m. 60 cent.; larg., 3 m. 40 cent.

130 — TAPISSERIE du XVIIe siècle : Armoiries soutenues par deux lions héraldiques avec couronne fermée. Encadrement fait d'une bordure à fond bleu, ornée d'arabesques, médaillons à têtes de perroquets, rocailles et guirlandes en camaïeu. Bel état de conservation.

Haut., 2 m. 70 cent; larg., 2 m. 25 cent.

131 — GRANDE TAPISSERIE de Bruxelles du XVIIe siècle, représentant une composition à grands personnages : *Le Départ pour la Guerre*. Large et riche bordure d'encadrement formée de rinceaux de branches fleuries et chargées de raisins et d'oiseaux. Entre le sujet et la bordure inférieure, on lit : *I. K. Mander fecit.* Sur la lisière, de chaque côté d'un écusson, les deux initiales : *H. D.*

Haut., 4 m. 10 cent.; larg., 5 m. 15 cent.

132 — GRANDE TAPISSERIE de Bruxelles du XVIIe siècle, représentant en une composition à nom-
breux personnages : *Le Triomphe de Judith*.
Riche bordure d'encadrement à cartels, groupes
d'amours, chutes de fruits et fleurs, et cartouche
chargé d'une inscription, au milieu de la bordure
supérieure. Dans la lisière inférieure se lit la
marque de l'atelier de E. LEYNIERS.

Haut., 3 m. 90 cent.; larg., 4 m. 90 cent.

133 — PETITE TAPISSERIE de Bruxelles du XVIIe siècle. Sur un fond de paysage est un mur percé
à gauche d'une porte à fronton écussonné,
laissant passage à un groupe de trois personnages; à droite, un nègre tenant un perroquet
et caressant deux lévriers; bordure supérieure à
cartouche avec chimères et guirlandes de fruits.

Haut., 3 m. 95 cent.; larg., 2 m. 10 cent.

134 — PETITE TAPISSERIE fine, de fabrication flamande,
du XVIIIe siècle. Sujet mythologique tiré de l'his-
toire du dieu *Mercure;* fond de paysage. Char-
mante bordure d'encadrement à torsades et
festons de fleurs entre deux galons dentelés.

Haut., 2 m 85 cent.; larg., 2 m. 50 cent.

135 — Objets non catalogués.